KB236001

_______________ 님께

_______________ 드립니다.

_______________ 올림

________ 년 ____ 월 ____ 일

청어詩人選 504

새 모래톱

이상현 네 번째 시집

도서출판 청어

새 모래톱

이상현 네 번째 시집

시인의 말

허허벌판에서 들풀, 들꽃으로 살아온
잘린 우리 겨레 하나로 잇는 그날까지

세계에서 우리 후손들
어깨 펴고 당당하게 살도록
우리 조금 더 힘내고 살아요

2025년 여름
이상현

차례

2부　생각의 강

3부 잠시 눈을 들어

해설_허홍구(시인·우리말살리는겨레모임 공동대표)

1부

섬 그리고 또

푸른 하늘 바다 섬 사람
한 모퉁이 한순간
서로 등 기대고 산다

함석헌 스승님

메마른 땅에 125년 전
단비로 오신 함석헌 스승님

함,
함석헌 스승님
가르침대로 살지 못하여

석,
석고대죄하오니

헌,
헌 마음 버리고
새 마음으로 살게 하소서

처음 보았을 때

하늘빛 비치는 바다
찰랑이는 파도 소리 들리는 사람

눈 감으면 바다에 잠겨 떠다니는
환한 달 같은 사람

긴 노을 애기 다 들어주고
빙그레 토닥여주는

밤하늘에 핀 꽃 같은
그런 사람
되고 싶다 보고 싶다

비우고
비워
텅 빈 섬

씨알의 생각

125년 전
강팍한 빙토 이 땅에 오셔서 우리가 살아가야 할
좌표 가르쳐주신 함석헌 선생님

지금도 매일 아침마다 감사기도 드립니다

노자 도덕경 강의하실 때 늘 청정하신 그 모습과 음성
지금도 살아서 생생합니다

"선생님
계엄포고령 내린 이 시대에
독재 타도 위해 데모를 해야 합니까?

우러나면 하시오!
어떤 어려움이 와도 감당할 수 있으면 하세요
아니면 마음공부를 더 하세요"

"마음이 맑고 고요하면
세상의 모든 일을 바르게 할 수 있어요
모든 일을 할 때 진정 흔쾌히 우러나서 하면
아무런 후회가 없어요

맑은 마음의 옹달샘은
바가지로 퍼서 마시면 마실수록 퐁퐁 솟아나요
성인의 도는 모든 사람을 어린아이들 대하듯이
예쁘게 생각하고 대하면 성인이 될 수 있어요"

씨알 사랑, 이 겨레 이으리, 세상 사람 아끼기,
비폭력, 전쟁 없는 세상 만들기 등
가르쳐주신 함석헌 선생님

1800년대 세계 다른 나라 어찌 사는지도 몰랐던
무지했던 우리나라 왕들
민초들 보릿고개 초근목피로 살게 했던
아기 새끼손가락만 한 작은 나라
백성 끼니도 안 챙겨준 비인간적인 무지한 왕들
무조건 굽실거렸던 가엾은 조상들

지금도 당연히 원치 않는 주변국 반대로
부모님 생사도 모르고 칠십여 년을 사는
우리들의 하루하루
손주들이 빤히 바라보는 부끄러운 이 역사를
별나라 여행도 가는 지금

이런 야만인 미개 민족 또 있나요?

왜요?
언제까지 기다리나요?
이젠 남한 북한 우리끼리 뭉쳐 오가며 하나 됩시다

후손들 더 이상 처진 어깨로 살지 않게
당당하게 통일의 종 칩시다

겨레의 한으로 자자손손 남지 않게
다시 어두워지기 전 통일 햇살 남아있을 때
남북한 오가며 꼭 하나 되도록

새 모래톱

차갑고 센 바람 타고 살아온
생각만 해도 콧등 시큰거리는
헛헛한 삶의 조각들

목구멍 박차고 올라오는 서러움
큰 돌로 누르며 참고 사는 애절한
이 땅 들꽃 들풀

바닷빛 파란 건 씨알들의 시원한 울음
맘껏 지른 소리 풀어놓은 빛 모음

파도 끝자락 포말 썰물로 나가며 주고 간
새 모래톱
우러나는 대로 맑게 찰랑거리며
잘린 우리 겨레 잇고 살라는
새 마음 맘껏 그리며 살라는 하늘이다

새벽 흐르는 소리

새벽 3시
파도 소리 소리
새벽 흐르는 소리

숨 쉬듯 빨아들이니 저절로 감기는 눈
흐르는 마음 평화 잔잔한 고요
이대로 맑은 고요 속으로 그냥 스러져도

하루하루 할퀴고 간
폭풍우 태풍 지진 견뎌낸
키 작은 바닷가 꽃 그네처럼 남겨진 하양 고무신

갯벌 들어왔다
황토 들어왔다
지친 파도 들어왔다 쉬어가는 이른 새벽

캄캄한 바다 밀려올 때마다
어깨 두드려 준
별 달 햇살 파도 소리

파도 끝차락 주고 간 새 모래톱 새벽 종소리

우러나는 대로만 맑게 찰랑거리며 살라는
기도 소리

섬 그리고 또

섬 그리고 또 섬 사이
풋풋한 바다 흐르고
노 저어오는 사람 있어

푸른 하늘 바다 섬 사람
한 모퉁이 한순간
서로 등 기대고 산다

서해 해저터널 지나
영목항 전망대
작은 섬처럼 수줍다

바닷가

바닷가 빨래
짭조름하게 마르기 위해 바닷바람에 흔들린다

바닷가 나그네
짭조름하게 흐르는 하루 보내기 위해

바닷가
걷고 또 걷는다

파도

집채보다 큰 슬픔 몰아쳐도
스러지거나 썰물 되어 나간다는 걸 가르쳐준 파도

위로해 주고 가는 파도 소리
확 트인 심장

오늘 하루도
서핑하듯 산다

뱃고동 소리

얼굴 또렷이 비치는 맑은 동쪽 바닷가
파도 끝자락 만든 새 세상 감격 걸고 걷는다
새파란 하늘 속까지 뱃고동 소리 울린다

밤새 땀 흘린 만선 하나 둘 귀항할 때
터엉 빈 나그네들 기쁨조
소나무 한증막 홀로 끓고 있다

늘 살갑게 다가오는 시원한 설악산 바람
기도한 만큼 안겨주는 바다여서 좋다
어부 얼굴 햇살처럼 환하다

촉촉 노가리

바닷가 선술 대폿집 촉촉 노가리도
조금 타야 맛있고

나누는 정도
조금 타면 쫄깃하다

감꽃도 안아야
과즙 흥건하다

깊어가는 바닷가 어둠
촉촉한 그리움이다

바닷가 걸어

새싹 움트는 소리 새로운 시작
파도 소리로 스며드는 곳

환한 웃음 주는 늘 울리는 북소리
맑게 들리는 곳

연둣빛 풀잎 숨 쉬는 소리
새록새록 들리는 곳

바다 향해 열린 심장 북처럼 치니
금강산 너머 두만강 백두산까지 울린다

바닷가 걸어 즐겁고 청량한 터
북한 원산까지 내일이면 이어지리

물에 젖은 빨간 희망

사흘 연속 울어 예는 가을 빗소리
못 이기는 척 걷고 또 걸어
바닷가 앉아있는 나그네

곧 다가올 희소식 기다리는 가슴 아린 바닷가
해방구라 믿고 찾아왔건만 거센 바람에
발등 위로 떨어지는 가느다란 오줌발

북쪽 향해 비 맞고 서 있는 물에 젖은
바닷가 빨간 공중전화 부스
빙그레 웃는다

어디든 전화하라고
통일될 거라고
걱정은 가불하지 말라 한다

*2021년 10월 5일,
종전 선언 추진과 남북 직통 전화선 재개통 축하 시

저항, 아무도 걷지 않은 길

동쪽 바다 속초 갯배 선착장 옆 옛 수협 터 가면
석류알처럼 꽉 차게
새콤달콤 붉은 눈물로 묵묵히 일러준다

"아무도 걷지 않은 길에서
아무도 찾지 못한 답을 얻다
불의가 법이 될 때 저항은 의무가 된다"

누에처럼 누에고치 속에 갇힌 70여 년 아바이마을
언제 세상 밖으로 나오려나 통일마을로

설악산 설악대교 금강대교
금강산 첫 봉 신선봉
동쪽 바다 연이은 북쪽까지

어둠 속에 살다 나온 아침 햇살처럼
눈부시게 웃을 날 갑자기 곧 온다
바다 뒤집을 큰 파도 치니

그곳 나그네

서로 쉽게 마음 여는 나그네들
경계 허문 넓은 들판 지나
속살 파란 파도 베고
수평선 너머 저 멀리 무심하게 가고 싶다

갯내 나는 대나무 숲 바람 소리 마시고
파란 하늘 바라보다
스르르 잠든 바닷가 모래톱

모든 거 다 내어주는 바다
짙푸른 섬처럼
산산이 부서져 텅 빈 바닷가 모래톱

그리되고 싶어 오늘도
파도 끝자락 걷는
그곳 나그네

코 빨개진 단풍

파도 소리 달빛 소리
은은하게 들리는 바닷가 조그마한 선술집
턱 괴고 마시는 세월 흐르고 흐른다

코 빨개진 텅 빈 단풍 안아주는
너그럽고 느긋한 퇴적된 따스함

어느덧 발그레지는 나그네
단풍 가득한 가을 산

속초 멍

오늘도 흔들리는 동토 북쪽으로 열린 길목
설악대교 금강대교 등대전망대 선박들 새파란 오월 바닷가

하늘 멍 바다 멍 설악산 멍 호수 멍
돌고래처럼 여기저기 호수면 박차고
힘차게 뛰어오르는 물고기 멍
수면 위로 튀는 물고기 찾아 아주 낮게 나르는
큼직한 갈매기 멍
어딜 가나 나름 그들대로 하루하루
소소하게 살아가니 그 또한 자연

오랜 세월 줄기차게 길 찾아다닌 나그네
눈 뜬 채로 생각 멈춘 듯 멍
하늘 산 바다 호수 흙 모래 바람의 선물 맑은 산소
연거푸 허파 깊숙이 들이마시고 내뱉는다
느리게 느리게 처음인 양

이팝나무 꽃잎 흩날리는 바닷가 호수 아카시아 향
온몸으로 스며드니 토끼풀 파랗게 무성해 동토 녹이도록

이젠 낡아 진부한 나그네 그만 살아야 자연에 좋을
듯하다

속초에 가면

속초에 가면 속 촉촉해져요
닻 내린 만선 오징어 배 펄펄 뛰는 웃음
빙그레 반기는 혹시나 하여 밤 지새운 설악산
실향민 이주민 어우러지는 눈길
이젠 외롭지 않아 갯배 아바이마을

국제여객선 터미널 행선지엔 러시아 블라디보스톡 있는데
바로 옆 금강산 원산항 표시는 어디로 갔나 왜

동쪽 바다 파도 끝자락 주고 간 새로 태어난 모래톱
오늘도 북쪽으로 부지런히 걷는 이 땅 주인인 나그네

이젠 목숨 바쳐 손잡고 함께 넘어가면서
꼭 이어야 할 땅 기다리고 있어
촉촉해져요 오늘도 속초에 가면

오늘 눈 내리니

하루하루 산다는 거
오늘처럼 촘촘히 눈 내리는 거

탁한 이들 안 보고
하얗게 살고 싶은 날

암반에서 치솟아 오른 먹먹한 눈물
토닥토닥 어깨 두드려 주며 포송포송
따스한 숨결로 오늘 눈 내리니
새싹 또 움튼다

길모퉁이

큰길 돌아 수줍게 앉아있는 모퉁이
길 나서면 반겨주는 동네 사람들 큰 웃음

나팔꽃 능소화 호박꽃 핀 빨랫줄 사이로
눈인사하는 이웃 사람들

자식들 불효 얘기 원래 그런 거여
맞장구쳐 주는 청국장 인심

호랑이 얘기 듣고 자란 인왕산 자락
욕심 없는 토박이들

달빛 보며 미소 짓는
초가지붕 박꽃처럼 아려서 이쁘다

골목길 바람

웅성거리는 대폿집
발개지는 얼굴만큼
소록소록 쌓이는 정

인사동 골목길 휘어 부는 시원한 바람 타고
가을 안고 온 달빛
새색시 눈빛 같다

큰길만 좋은 길 아님
이제야 알았으니

그려
이리 사는 거여
툭툭 털고

보고 싶은 장인

종각역 3번 출구 앞 구두 광택 수선 가게
점심시간 반짝 몰려드는 단골 구두들
광내주세요! 밑창 굽 갈아주세요

작은 못 두세 번 박아도 휘어져 박혀
또 빼내고 또 박는 익숙한 무심
50년 쓴 미싱 떨리는 손
삐뚤삐뚤 박혀진다

연말 연초에만 웃는 보신각 종소리
일 년 내내 우는 데모 확성기 민초들 울음

구두 미싱 있는 가게 몇 날 수소문해
터진 신발 꿰매러 갔다 두어 시간 넋두리 듣고
고맙다며 일어서는데 장인 말씀
오래 기다리게 해 미안코
오래오래 잘 신으이소

다시 와서
문 닫힌 그 가게 바라보니
보고 싶은 장인

그러려니

탁한 세상 사람 싫어
눈동자 시려도 언 눈길 흰 눈만 쳐다보고
시린 발 얼어 못 갈 때까지 가리라 걸어왔다

한 발만 더 내디디면 진흙 빠져나올까
또 한 걸음 디디니 더 버거운 갯벌

큰 멍석 깔고 한 알이라도 튀어 나갈까
참깨 들깨 털듯 살아온 하루하루

첫새벽 출항 뱃고동 소리 목청 좋아 하루 종일 웃다
살아 돌아와 주니 눈물 어깨 된다

다가온 오늘 하루 산다는 건
그러려니 하고 산다는 걸 이제야 알았다

아리고 시린
그러려니

새벽 5시

일손 놓은 지 일 년 지났건만
몸에 배어 선지 몸이 저절로 알아
새벽 5시면 벌떡 일어나는 습관

무심히 생각해도 보기에도 애처롭고 짠하다
먹고살기 얼마나 치열했으면
아직도 벌떡벌떡 일어날까

어디에도 얽매이지 않고 자유인으로
소박하고 맑게 살고 싶어
강으로 바닷가로 하루하루 보낸다

다시
속세로 되돌아간다는 건
절벽으로 떨어지는 거란 몸서리를 치면서 말이다

만병통치

만병통치 생명수
가난한 주님 한 잔 덕분에

40여 년 월급쟁이 복잡한 머리 비우기
수시로 떠오르는 시상으로 글쓰기
꽉 막힌 글 숭숭 뚫어주는
작아지는 마음 큰 그릇으로 살도록 의지 다져주는

맑은 마음 퐁퐁 샘 솟고
고요한 마음 고요하게 지속하기
늘 그리 잘하라 일러주어 몸에 배게 해주는
보시하는 마음 싹 틔우기
혹여 게으르게 살까 봐
새벽 5시면 벌떡벌떡 깨우기

탁한 세상에 지지 않고 맑게 사는 의지
긍휼히 여겨 하사하신
가난한 이의 생명수

2부

생각의 강

얼마나 작고 그리 중요하지도 않고
걱정거리도 아니란 걸 느끼게 될 거예요

그 강물에 떠 있는 수많은 돛단배 사람들 또한
나 같은 사람들이고 삶일 거예요

스프링클러

42

내 마음속 스프링클러 살아있는지
하지의 늦은 오후 머리카락 사이로 선선한 바람
고개 든 푸른 꽃밭 더위 갈증 식혀주는 물뿌리개 스프
링클러

일에 파묻혀 묵묵히 살았지만
시퍼렇게 실망하여 멍들고 억울하게 넘어져 상처투성이
빼앗아 간 동물들의 투견장에서 화상 입어
놀란 마음에도 스프링클러 살아있는가

오랜 세월 구두굽 닳고 웃으며 운 눈물
바위처럼 무던히 살았으니 토닥여주자
세찬 파도 돌미역 더 쫄깃하고
거센 바람 소나무 더 짙푸르다고

우산 접듯

우산 쓰고 가다 마주 오는 사람 접은 우산 보고
비 그침 알고 빙그레 우산 접듯

밀물로만 밀려오던 버거운 사람
썰물로 나가면 시원하듯
감꽃처럼 이쁜 마음 나누다
걷잡을 수 없는 서운함 태풍으로 오면
먼바다로 홀연히 떠나듯

보이던 미소 보이지 않고
나누던 정 사그라져도
오히려 홀가분하다면
서로 위해 참 잘했다 토닥여주자

햇살 지면 달빛 비치고
새벽달 저물면 뭉클한 아침 해 뜬다

생각의 강

눈 감고 나 자신을 생각의 강에 띄워놓고
작은 돛단배라 생각해 봐요

그 도도히 흐르는 강물 속에서
내가 살아온 삶과 지금 살고 있는 이 모든 것이

얼마나 작고 그리 중요하지도 않고
걱정거리도 아니란 걸 느끼게 될 거예요

그 강물에 떠 있는 수많은 돛단배 사람들 또한
나 같은 사람들이고 삶일 거예요

나라는 돛단배만 봐선
유유히 흐르는 강물의 뜻이 무엇인지 알 수 없고
다른 돛단배 모두 합쳐도 알 수 없을 거예요

그 강물은 쉬지 않고 계속 흐르고 흘러
이 세상 인간들이 추구하는
인간다운 삶 마음의 평화 소원 성취 속에
큰 미소로 흔쾌히 공감도 하겠지요

지금 이 사람들과
앞으로 강에 태울 돛단배까지 그윽이 포용하며
물 흐르듯 바다로 갈 것이고
희망 안고 숨차게 도착한 그 바다는
별 중의 하나라는 지구의 일부분일 뿐이에요

조금만 더란 욕심 비우고 비워
나의 모든 걸 겸허하게
아주 작다 인정하고 아쉬움도 버리고
있는 그대로 바라보기 해요

새벽 바닷가에서
그 격렬한 격동의 시대 또한
선사유적지 온기로 남을 테니

우러나는 대로

말 안 하고 조용히 있으면
참 편하고 고요한 느낌 들어온 지 오래되었다

진솔하지 못한 사람들 눈빛 마주함 힘들어
박차고 일어나고 싶은 지도 오래되었다

이젠 우러나는 대로 살아도 될 나이
마음 가는 대로 살아야겠다

이만큼 살아왔으면 이젠 그만
무얼 더 기대하지도 연연해하지도 말고
감사하고 비우며 가자

서울 용광로

달밤 메밀꽃 반짝이듯 파닥이는 한강
폭염 달려온 고속버스 거친 숨 고른다

선한 의지 도전 시행착오 실패 성공
천만여 명 불타오르는 서울 용광로
하나하나 식혀주는 생명수 큰길처럼 흐른다

물속에 몸 담근 하늘 강처럼 흐르고
오늘 하루도 아쉬움 안고 바라본다
맑은 산소 가득 넘실거리는 바다

두물머리 시인

늘 그리던 자연 되어
두물머리 반짝이는 햇살 된

웃음소리 들리는 눈빛
늘 물빛인 글 향기

설레는 그리움 스며들어
눈 감은 채 뜨기 싫어

볼록 튀어난
황홀한 낮술

돌

생각 깊으신 돌님께서
이리도 부족한 이 씨알에게

오랜 세월 겸손, 텅 비우기, 하심
정갈, 정의, 묵묵, 먹먹 경지 가르쳐 주시니

얼마나 고마운지요
깊고 넓은 큰 스승이십니다

산소 마시기

잊어버렸던 하회탈 웃음 되찾아
모처럼 어깨 들썩이는 휴가철 여름 바닷가

철장만 없는
계엄포고령 때 보다 더 냉랭한 공포

아주 오랜 세월
인간이란 이름으로 안하무인 막말하고 산 죄
마스크로 입 틀어막고
옆 사람 짓밟고 미워한 죄 2미터 거리 두기
나쁜 짓 많이 한 손 소독하고도 모자라 또 씻고
날카로운 눈빛으로 소리 지르고 화내고 산 죄
가는 곳마다 체온 재고
설마 모르겠지 비밀스럽게 다닌 죄
핸드폰으로 추적당하고

하느님 부처님 수제자 세계 종교 지도자들마저
코비드 전염될까 전염시킬까 봐 마스크 뒤로 숨은
지 오래
확진자는 미개인, 적군이 되어버린 듯
황폐해진 생각들 경계 눈빛

그나마 일 년에 한 번 휴가
지친 눈빛 거두고 산소 마시러 바다로 온
마냥 즐거운 정겨운 민초들

너나없이
산소 비축 탱크 연다

사라진 등대

캄캄한 바다 파도 지친 선원들
길 알려주는 등대
토닥토닥 위로 희망 의지 새 방향
포근하게 심어주던 이 세상 난로
하느님 하나님 부처님 제자, 시인들

옮길까 봐 옮을까 봐라며
질병 코비드 비대면 3년 사이
그 믿음 그 자리 사라졌다
이젠 아무도 믿지 않는 살신성인

불 꺼진 등대 잊힌 등대
사라진 시인, 성직자
앞으론 늘 불 켜고 살아요 우리

싸맨 북

백인 흑인 황색인
사람꽃 일렁이는 인사동
맑고 바른 기 뿜어주는 회화나무 선비 향

빠진 앞니 어금니 즐비한 폐업, 임대 간판
셔터문 내린 채 불만 켜놓은
인사동 자존심 필방 한지 방

거리 비좁던 불빛 또 보고 싶은데
통금 알리던 죽비소리 너풀거린다

풀잎들 살아가는 게
북소리 못나게 싸매 놓은 북 같아
멈춰버린 북소리

아침 햇살처럼 다시 울리길
기다리고 기다린다

어느덧

보고 싶은 사람 전화 성만 누르고 이름 생각 안 난다
이빨 쑤시는 오른손 둘째 손가락 갑자기 마비된다
엘리베이터 알림 소리 삼 층이 사 층으로
일 층이 이 층으로 받침 빼고 들린다
알고 싶은 정보 찾으러 핸드폰 찾다보니
손에 쥐고 보고 있다

자유롭던 손가락 감각 손톱으로 눌러도 덜 싱싱하다
적당히 안 들리는 청각도
귀찮아진 진지한 논쟁도
일등보다 이등이 편함도 기분 나쁘게 좋다

걸어오는 사람 멋져 눈으로 재보는
1대 2대 7 아직도 아쉽다
나서기도 말하기도 애써 무얼 함도 그만하고 싶어
마음속 미소 하회탈로 웃을 수 있어 좋다

바닷가 파도 소리 새 모래톱에 잠겨
소록소록 쌓여가는 호프 잔

기억 너머 계신 임

늘 빙그레 웃으시며 반겨주시던 어머니
"누구시라요?" 물으신다
기억 너머 아들 목소리

골똘히 생각하다 힘겨우신지
겸연쩍어하시다 불러오기 멈추신다
투욱 떨어지는 연꽃잎 하나하나

어디로 가시려는지
멀리 바라보시고 웃기만 하신다

산길 목화솜 흩날리듯
함박눈 내리니
곧 봄이 오겠지요

눈발

맑은 샘물 주셔서 잘 자란 자식들

눈비 내리는 날
아버님 사시던 집
산으로 이사 가신 날

손주들 슬퍼할까 봐
한 말씀도 안 하시는
어머니

부족한 아들들
눈발에 흩날리는
목화솜 바라봅니다

잘생긴 달

평생 미남으로 소문났던 분
앞문으로 들어오시면 옆문으로 나가버렸던
늘 어색했던 장남

몇 년 전 산딸기 가득 채운
큰 유리병 가리키시며 갖고 가라 하셨던
그 복분자술 한 방울 마시니 목 눈 가슴
난생처음 뽀득뽀득 저려온다

바닷가 정월 대보름
멀리 가신 그분처럼
잘생긴 달

벗이여 어디로

큰 파도 타고 망망대해로 나간 건가
큰 파도 타고 뭍으로 들어온 건가

오늘은 대포 한 사발이 목에 걸리고
노란 단무지가 딱딱해서 도무지 씹히질 않는구려

방방곡곡 아리랑 노래 찾아 채록 방송으로 맨 처음 발
표했던
애국심 열정 가득했던 벗이여 어디로 갔는가

이럴 줄 알았으면 소주 곁들여 좋아하던
속초 흑염소탕 집 한 번이라도 더 갈걸

어디든 닿는 곳에서
밝고 편안하게 잘 쉬소서

참, 보고 싶소
벗이여

지린 향

살다 살다 지쳐 막장 찾아온 목숨들
2천 미터 지하 갱도 석탄 방독면 쓰고
오늘이 사는 끝날로 받은 목숨값
탄가루 작업복 안주머니 두 번 세 번 만져봐도
확실히 오늘은 내가 살아있어
처음 불어본 하얀 풍선껌 같은 심장

목구멍 탄가루 밀어내라 주는 돼지고기 매달 한 근
탄광촌 월급날이면
석탄가루 뒤집어쓴 하양 멍멍이들도 돼지갈비 뜯고

지폐마저 취해 비틀거리는 선술 대폿집
시커멓게 흩날리는 늦은 밤 깊은 바닥엔
광산촌 강아지들
펄렁거리는 지폐 흰 눈인 줄 알고 마냥 즐겁다

봄날
아버지
속옷 지린내

국민을 팔지 마라

금방 곰팡이 피는
싼 나무 젓가락 아니니

불붙다 꺼지는 눅눅한 성냥개비 아니니
씹다 뱉어버리는 과일 껍질 아니니

국민 위해서라고
국민 팔지 마라

목구멍까지 차오르는 한 꾹 참고
눈물만 주룩 흘리는 샘물에 돌 던지지 마라

이 나라 이 겨레 하나로 이어지길
새벽마다 기도하는 해진 무르팍에

기름기 번들거리는 탐욕의 입으로
어느 누구도 이제 더는 국민 팔이 하지 마라

국민은 팔고 사는 물건이 결코 아니다

늘 새는 주머니

꽁꽁 얼어붙어 눈물꽃 화석 동토
켜켜이 쌓인 아리고 시린 발자취
생살 터지며 달려왔건만
한가득 채울 새도 없이 늘 새는 주머니

그럴수록 더 채워 한겨레 이으려 애쓰는데
광복절 행사마저 둘로 나눈
겨레 주머니 늘 새게 만드는 나쁜 송곳들

이젠 어느 누구도 국민 위해서라고
국민팔이 하지 마라
주인 주머니에 더는 구멍 내지 마라

거짓말 꾸러미

내년 2022년 3월 대통령 되겠다고
거짓말 꾸러미 십여 명 사자후 토하기 시작한다

민초들의 맑은 기대 늘 더럽히고
갈가리 찢어내는 못된 언행에 국민들 피멍 들고
낙담의 세월 살아온 지 70여 년

돈으로 된 자 권력까지 덧붙였고
권력으로 된 자 돈 부패까지 더해
이 나라 망쳐왔다

탁류 흘러도
큰 바다로 가는 강물 잠시도 멈추지 않듯

우리의 맑은 기운 겨레의 앞날
오래전부터 이 나라 위해 산화하신
임들의 기도 살아 숨 쉬어
기어이 더 나아지고 기쁨 더 넘칠 것이다

지금 더 중요하고 시급한 건 이 겨레 잇기이다
전 세계 나라 중 한 겨레가 70여 년을 갈라져 사는

미개민족은 우리밖에 없다

지금 우리 위해서도 다음 겨레 위해서도
이 겨레 잇기는 하루빨리 이루어야만 한다
내일로 또 미룬다면 우리 겨레 아니니
이민이라도 가고 제발 방해하지 말라

내가 먼저 앞서고
내가 먼저 옆 서면 된다
민초들이여 우리가 주인이다!

주인답게 앞장서서
이 겨레 잇고 평화롭게 만들자

돼지 더럽다 마라

64

땅에서 꿀꿀 웃으며 묵묵히 살던 돼지
죽어서 이곳저곳 펑펑 날아다닌다
비행하는 그 소리 모습 즐거워 모두 웃는다

죽어서 돼지껍데기로 얹힌 뜨거운 불판
불고문 못 참아 살자고 튀는데
살아서도 죽어서도 베푸는데

돼지만도 못한 탁한 정치 돼지들
허우적허우적 오늘도 나라 망치고 있다

돼지 더럽다 마라
국민 팔아먹고 사는 정치 돼지보단
훨씬 깨끗하다

단상의 여인들

나는 새도 떨어뜨리던
눈 높은 단상의 여인들

남편 돌아가신 여인과 딸
남편 감옥에 있는 여인
아버지처럼 대통령 되어
감옥 갔다 온 공주 처녀 여인
팔짱 끼고 궁궐 떠나는 여인
갑자기 밀려온 설렘에 떠는 여인

이쁜 딸로 태어나
아내로 엄마로 할머니로
완성되어 가는
이 땅의 여인들

역사의 탈곡기에
탈탈 털리며
무상한 삶의 하루하루 이어간다

*2022년 5월 10일, 대통령 취임식 단상을 보며.

생계형 파병

남한은 베트남 미국 전쟁에
북한은 우크라이나 러시아

목숨 내놓은 생계형
고난의 역사

참 불쌍한 우리 겨레
언제 하나 되어 웃으며 살까

제발 살아서 돌아와
우리 함께 살아요

*2024년 10월 20일, 젊은 북한 군인들 러시아 파병 안타까움.

마른 풀 낙엽

독립문공원 앞 공터
오로지 나라 위해 살다가신
임들의 깊고 넓은 뜻 이어가지 못하고
국운 뿌리째 크게 흔들리고 있다

남북한 관계 최악
우크라이나 러시아 전쟁에 북한군 파병
이스라엘 중동 전쟁
전 세계 우려하는 3차 세계대전

이러하거늘 남북한 정권
사사로운 권력에 취해
오늘도 걱정 한숨만 쉬게 만든다

이 나라 이 겨레 목숨 바쳐 지키신 임들
바람에 흩날리고 있다 마른 풀 낙엽처럼

언제 이 겨레 하나 되어
환하게 웃고 살까

유유히 흐르는 물

깊은 산 옹달샘에서 태어나 자란 맑은 물
유유히 흐르는 물밑엔 힘차게 묵묵히 흐르는 물 있고

휘돌아가야 하는 여울목에선 부딪히면 저항하는
강한 힘 품은 물 부딪히고 깨져도 툭툭 털고 일어나

지구 살리는 생명줄인 큰 바다로 가는 게
어찌 물뿐이겠는가

어제 눈동자 눈물 아침 이슬로 태어나
오늘 우리에게 우리 겨레에게 햇살 비추듯

지지 않는 밝은 꽃으로
피고 또 피어나리

*2024년 11월 5일, 파병 북한군 안전과 통일을 앙망하며.

이젠 버리노라

늘 찬바람 불어 춥고 가파른 겨울 산촌
낙엽 긁어모아 후후 불어 지핀 불쏘시개로 지은
눈물밥 먹여 키운 가슴 속 자식

참 아프고 아픈 슬프고 슬픈
늘 센 바람 부는 동토 바람골
버티고 극복한 반만년 고난의 역사 딛고 일어선 우리

전쟁터에 팔아먹은 자
비상계엄 선포한 자

70여 년 전으로 국격 폭락시킨
남북한 자식 둘

이젠 버리노라
우리 겨레 역사 이름으로
눈물마저도 황톳빛인 이 나라에서

탄핵 퇴진

대한민국 위해 온몸 바치겠다던 정치인
몸 바쳐야 할 국민에게 계엄 선포한
2024년 12월 3일부터 14일까지
겨울 세찬 바람 부는 섬 한강 여의도 살에는 찬 바닥
뜬눈으로 가슴 졸인, 전국 방방곡곡에서 올라온
중학생부터 어르신까지 컵라면으로 한기 허기 채우는
2024년 12월 14일 겨우겨우 국회 탄핵 가결!

이젠 앙망하는 헌법재판소 명징한 파면! 방망이 소리

2024년 12월 16일 월요일 밤 8시
광화문 안국역 헌법재판소 향하는 큰길 넘치는
대한민국 사람 물결 행진 구호
윤— 탄핵 퇴진! 퇴진 퇴진 퇴진!

1970년~80년대 최루탄 구타 고문 억울해
엉엉 울며 박차고 넘어 일어선 우리들
그 아린 역사 50여 년 지났건만 갑자기
국민 기대와 세계에 국격 폭락시킨 계엄선포

아직도 이 순간도 늘 맑고 큰 눈으로 미소 지으며

우릴 바라보시는 반만년 선구자 큰 임

방망이 소리

국격 허기져 갈증 지친 맘 채우려
기웃거리다 만난 인사동 골목 끝
알몸 시멘트 기둥 낡아서 편한 대폿집

파도처럼 밀려온 평생교육원생들
송년회인 듯 큰 웃음소리 2024년 12월 28일
까칠한 커피 대신 너그러운 호프 한 잔
처음인 듯 참깨 털듯 서로 이뻐한다

북악산 앞 큰길 큰 북소리, 상쇠 꽹과리 울음
가슴 창자 찢는 소리
겨울 동토 이겨내 만들어내야 할 봄

일분일초라도 빨리
체포 구속 파면 탄핵!
지구 흔들 큰 방망이 소리

3부

잠시 눈을 들어

뜻깊고 인정 많은 땅에서 태어난 우리
세계가 알아주는 가장 부지런하고 착하고 동정심 많고
고난의 역사 극복해 가며 살아가는
지혜롭고 진중한 눈물샘 깊은 우리
우리 왜 이렇게 사는가

바닷가 농막

살가운 바람처럼 생각 맑고 넓은
교장 퇴임 문인 농막

밭 갈고 두릅 머위 오가피 따고
그냥 멍하니 앉아있으니

하늘 땅 푸른 산 들 바다 마음의 평화
어느새 나는 어디로 가고
자연 되었다

동토 새싹

오랜 세월 이쁜 향기 마다하고
고개 숙이지 않아 먹먹한 슬픔 간직한 채
풀꽃으로 지고

거센 바람 남긴
멍 자국 그러려니
빙그레 웃는 텅 빈 섬

강대국 속 늘 뜯긴 심장
바람 센 동토엔 지금도
새파랗게 자라나는 새싹

시멘트 엄마

태고부터 깊은 산속에서 살아온 석회석
1,400도 용광로 산통 거쳐
살아 숨 쉬는 시멘트 레미콘으로 태어나
온 세상 튼튼한 집 댐 다리 울타리 되듯

삼십여 년 전 엄마 손잡고 왔던 바다 보고 싶어
하늘도 바다도 그득 담긴 어린 딸 크고 맑은 눈
얇고 가느다란 손가락 쥔 엄마 손 힘 들어간다

태고에서 와
어느덧 든든한 시멘트 된
엄마 시멘트

의지의 한국인

어제와 오늘도 봄비가 내린
새해 아침을 맞는다

떡국으로 한 살 먹고 일리노이대학교 부설 36홀
퍼브릭 골프장에서 5년 만에 허술한 골프를 쳤다
의지 강한 아들 며느리가 선물한 시카고 1박2일
여행 다녀와 1월1일 휴무여서 공짜인
미국 골프장 맛을 본 셈이다

월마트 매장에 들러 편안한 신발 옷 채소 사고
아들 집에 와 준비한 풍성한 야채와 고기 샤브샤브
꽃처럼 화사한 애기 웃고 나누며 저녁 시간 보냈다
이곳은 요즘 오후 4시 반이면 어두워진다

어떻게 사는 지 늘 걱정하는 부모에게
잘 사는 모습 보여줘 안심시키고 싶었다는
아들 부부의 말처럼
나름 안정된 생활상에 대견하고
부모 방문을 위해 여러모로 꼼꼼하게 준비한
정성 가득한 마음 고맙고 미안하다

새벽 기도

임이시여
고맙습니다 감사합니다

북한산님 고맙습니다
인왕산님 고맙습니다
안산님   고맙습니다
관악산님 고맙습니다
한강물님 고맙습니다

임이시여
오늘 하루도 맑고 고요한 마음으로
남을 높이고 저를 낮추는 겸손과
무리하지 않는 절제와
용서하는 너그러움과
말과 행동이 가볍지 않고 진중하고
생각이 얕지 않고 넓고 깊게 생각하도록
지켜봐 주시면 고맙겠습니다

가족 모두와 모든 사람들이
안전하고 건강하고 번창할 수 있도록 도와주시옵고
하루빨리 남북통일 되도록 도와주시옵기를

간절히 비옵니다
오늘 하루도 모든 일이 잘되도록
지켜봐 주시면 고맙겠습니다
늘 베풀어 주시는 은혜에 깊이 감사드리옵고 고맙습니다
오늘 하루도 맑게 살도록 노력하겠습니다

임이시여 명복을 비옵니다 감사합니다
조상님이시여 명복을 비옵니다 감사합니다

통일 유공자

기울어진 얼음 잔 밑에 깔린 채
한기에 서서히 맞추어 사는 딱한 사람들

빨리 녹아 하나 되어야 할 땅
아직도 녹일 힘 뜻 부족한가

잘려진 지 70여 년 가여운 사람들
생사 걸고 말 달리던 선구자여
통일 유공자로 거듭나자

가여운 땅

고개 넘어갈 길 먼데 앞도 보이지 않는 폭설
얼었다 녹았다 또 꽁꽁 얼어붙은 동쪽 빙토
잘린 땅 하루빨리 이어야 하는데
오늘도 눈만 뜨면 갈라서서 정치 싸움질

겨울 소금 바람에 절은 바닷가 전깃줄처럼
팽팽하게 흐르는 비상계엄* 전류 하루하루

어머니 같은 우리 사는 이 땅 얼마나 깊은 죄 있어
잔뿌리 민초들 반만년 고난의 역사 울었고
아직도 북쪽 부모님 못 뵙고 사는가

하지만 내일 새벽엔 캄캄한 밤 파도 이겨낸
환한 태극기 펄럭이며 만선 배 입항한다

*비상계엄: 2024년 12월 3일,
 비상계엄 선포로 흔들리는 대한민국 정국.

강화도 봄 햇살

82

지척의 고향 그리워하는 실향민 아픔 달래주는
남한 한강 북한 임진강 만나 하나 되어 서해로 흐르는
해 뜨는 새벽 강화도 연미정 앞바다
봄 햇살 튕겨냅니다

처음 만나 하나 된 남북 강물
반갑고 부끄러워
볼 발개집니다

잘려진 우리 겨레
곧 하나 되려나 봐요
확 트인 봄

깨어나는 씨알들

깊은 산속 옹달샘 흘러 시냇가 강 바다로
잠시도 쉬지 않고 늘 흐르는 물처럼

우리 땅 갈라진 지 70여 년
누가 있어 하나로 이을 건가
이젠 깊은 잠에서 깨어나 벌떡 일어나야 할 씨알들

강화도에서 강원도 고성까지
손에 손잡고 우리의 소원 통일 이루기

누가 어떤 이유로 무슨 권한 있어
아버지 어머니 뵈러 가겠다는데 가로막는가

가로막아도 씨알은 간다
잘려진 땅 하나로 이어질 때까지
우리 겨레 자자손손
당당하게 어깨 펴고 살기 위하여

자맥질

파도 센 곳에서 자란 돌미역 더 쫄깃쫄깃하다

아기 울면 엄마 젖 주듯 배고파 바다로 들어가면
자식들 먹여 살리고 공부시켜 준 바다 고마운 엄마
인 바다

세찬 파도에 몸 내준 먹먹한 바위
주름지고 부서져 구멍 날 때까지
한 핏줄인 우리 통하여 하나 될 때까지
목숨 건 자맥질하리라

별 꿈

별 가장 가까워 별 꿈 가득했던
신새벽 교회 절 두부장수 종소리에
누에고치 곤한 잠 깨던 하늘 아래

최루탄 눈물 흘리며 길에서 다짐한 맑은 꿈
야학, 극빈 공동체 함께했으나 아직도 못 이룬 꿈

파도 남기고 간 바닷가 새 모래톱에
오늘도 가슴으로 꾹꾹 눌러쓰는
파도에 부딪혀 산산이 부서지는
먹먹한 바위 되어도 좋으니

잘린 우리 겨레 잇기
통일 유공자 되기

잠시 눈을 들어

잠시 눈을 들어 하늘을 보자
잠시 눈을 감고 마음 문을 열어보자
우리 왜 이렇게 사는가

뜻깊고 인정 많은 땅에서 태어난 우리
세계가 알아주는 가장 부지런하고 착하고 동정심 많고
고난의 역사 극복해 가며 살아가는
지혜롭고 진중한 눈물샘 깊은 우리
우리 왜 이렇게 사는가

6·25 전쟁 정전협정 70여 년
같은 민족이 분단된 채 아직도 갈라져 사는
아직도 미개민족인 우리

하루빨리 통일해야 나라 구실하고
후손들 당당하게 어깨 펴고 잘 살 텐데
지금 우리 당장 해야 할 일 통일보다 더 급한 게 무슨
일인가

이 순간도 왜 남 탓만 하는가 정말 이렇게 살 건가
방해하는 나라들 탓만 하는 게 진정 우리 수준인가

우리끼리 힘을 합쳐도 통일하기 부족한데
눈만 뜨면 내 생각과 다르다고 칼질하고
서로 못 죽여 싸움질만 하고 사는

부끄러움마저 잊은 이 미개민족
어떻게 정신 번쩍 차리게 할까
슬퍼서 눈물 나는 게 아니라
깊숙한 가슴 너무 아파서 눈물 난다

통일은 기다리는 게 아니라
우리 함께 지금부터 만들어 내는 것이다

조금 떨어져 보면 확연히 보이는 답을 알면서
우리 왜 이렇게 사는가

이상한 분단 공화국

정신을 어디에 두고 사는지
핵심은 잊고 무얼 그리 헤매는지
반만년 고난의 역사 굽이굽이 헤쳐 극복해 온
초롱초롱한 씨알들 깊은 눈길 어디 가고

미국 일본 중국 러시아 유학생 중 매국 엘리트
앞장서 팔아먹는 이 땅 이 겨레 주권, 통일
6살 아이 세계지도 보고 새끼손가락 짚어 보이며
"아빠, 우리나라는 왜 요만해?"

작고 잘려진 땅 잇고 키울 생각 못 하고
눈만 뜨면 싸움질만, 애꿎은 국민팔이만
부모님 생사 확인도 못 하고 70여 년 갈라져 사는
세계에 하나밖에 없는

그런 가슴 아린 나라 아시나요 아시지요
권력욕으로 폭삭 멍든 나라를

바보들 산길

숨차게 산길 오르다 덧없다 싶어
바보 웃음 반기는 소나무 밑에 부끄럽게 앉는다

세파 맞선 빳빳한 풀잎 잘려진 날
홍시 되어 흥얼거리던
양주동 시 박태준 곡 산길

빼앗긴 나라 되찾으러
밤에 홀로 산길 걸어가시던 임 어디에서 만날까
남북으로 잘려진 지 70여 년

밤하늘에도 꽃은 핀다
이 겨레 잇기
오늘도 산길 넘는 눈 맑은 바보들 웃는 땅

임

현충일 눈물 흘린다
아아— 순국선열과 호국영령님께
그 깊은 뜻과 희생 깊은 고마움, 명복을 빕니다

그 끝없는 나라 겨레 사랑 깊이깊이 가슴에 안고
하루빨리 남북 통일된 한 나라 되어
큰 나라 큰 겨레로서 살아가길 다짐합시다

저질로 평가받는 정치가들까지
더 이상 작은 이익 위해 싸우지 말고
가슴 아픈 이 나라 위해 더 큰 뜻으로

남북 하나 된 나라 평화로운 나라
가없이 앞으로 커나가는 이 겨레 되도록
큰마음 깊은 그릇으로 생각 말하며
늘 부지런하게 조찰히 살아갑시다

임이시여
가슴 깊이깊이 명복 비오니
온새미로 편히 쉬소서

가야 할 길

역사의 깊은 바닥 살아가는 씨알들
오늘도 어렵게 벌어 낸 세금값을
정치가 말로만 하는지 아닌지

제발 진중하게 보는 맑고 깊은 씨알의 소리
선생님 하시던 말씀 "글쎄요"

세계 흐름도 모르고 무지한 왕 노릇한 탓으로
지금까지도 잘려진 우리 겨레 하나로 이을 때까지
우리 함께 목숨 걸고 통일 유공자 됩시다

좌우로 도는 선풍기

천천히 좌우로 돌아가는 선풍기
가족 위해 평생 고생하신 어머니 같다

2차 세계대전 끝나 해방된 지 80여 년
오늘 하루도 좌우 싸움질에 빠져

곧 돌아가실 부모님도 못 만나는
분단 미개민족

부끄러움마저 잊은 채
어찌 그리 오늘을 사는가 우리

콧등 때리는 소나기 쏟아지니
소리 내어 울기 좋다

참 안타까운 사람들

벗어도 잘난 모양 흥미로워 지켜보니
대중탕 좁은 냉탕에서 개구리 헤엄치는 이
티브이 프로 사회자 얘기 중 먼저 결론 내버리는
잘생긴 민소매 여배우 천박함
중요한 예견 번번이 틀렸으면서
오늘도 투사처럼 장담하는 황당한 정치평론가

재수 없고 밥맛 떨어져 티브이 채널 돌린 지 오랜데
아직도 잘난 척하는 몰양심 전당포 국회의원

새벽 일어나 새벽까지 애쓴 우리 피땀 세금으로
월급, 특권, 상석, 호화생활 당연한 듯
입만 열면 국민팔이 하는 뻔뻔한 정치가들

우리들 맑은 자존심 오늘도 부수고 더럽히는
쓰레기들의 천국 대한민국

벌써 왔어야 할 통일 언제까지 미루려는가
참 안타까운 겨레여
우리가 오늘부터 행동하면 된다

선사유적지 집

2만여 년 전 구석기 시대
원시인 살던 석기 제작소 터

동쪽 바다 그 모래언덕
70여 년 전 피난 내려와 움막 짓고
오늘도 북한 부모님께 인사 다녀오느라 지친 갈매기
밤 깊어가는 속초 청호동 아바이마을

이 선사유적지로
고단한 유랑의 끝 접고
이젠 그만 쉬라 부른 임은 누구이실까

파도 소리
달빛 소리
구석기 원시인 조상님
반만년 역사 굽이굽이 이 나라, 민초들 위해 죽창 들고
산, 들에서 이름 없이 스러져 가신
이름도 모르는 맑아서 아린 선구자님들
자유 민주 통일 횃불 들고 혁명하라 이르시는 임이신가

저 가까운 하늘 빛나는 별

솟구치는 불덩이 눈물
늘 퐁퐁 솟는 맑은 겨레
이 겨레 잇기 통일

하루빨리

1970년대 80년대 수출보국이라 하여
밤새워 옷, 가발 만들고 수출해서 받았던
얄팍한 월급봉투 국숫값

선적일자에 맞춰 컨테이너에 실으려고
허벅지를 꼬집어도 졸리고 졸려
재봉틀 바늘 손가락에 박혀도
쫓겨날까 봐 혹 누가 볼까 봐 반창고 붙이고
밤새워 미싱 밟았던 그 시대의 딸 아들

시골 부모님 동생들 먹여 살릴 생각에
하루 또 하루 고단한 몸
돌아볼 겨를도 없이 살았던 잔뿌리 민초들

안기부에 끌려가 고문당해 머리 터져도
살아서 여길 나가려면 불어! 불어!
벽에 울려 정의를 잡아먹던 그 소리

너나없이 가난하나 올곧아서 맑고 깊은 사람들
웃고 살며 하고 싶은 말

어떤 반대급부가 오더라도
우리 민족 이 겨레는 통일해야 한다
하루빨리!

통일 유공자 2

강제로 잘려진 허리
주변국에 더 이상 조롱당하며 미개국으로 살지 말자

이젠 더 머뭇거리지 말고
우리 모두 힘 합쳐 지금 당장 허리부터 잇자

한심한 시대착오적 이념, 사대주의 싸움 제발 그치고
범민족적 이 겨레 항구적인 평화와 행복 위해
통일에 전력투구 통일 유공자 되자

그저 기다리면 통일 오겠지 바라기만 하는
만년 거지로 그만 살자

우리는 이제 더는
거지가 아니다

70여 년 걸린 세배

아버님 어머님 세배 올립니다
한 시간이면 뵈러 올 가까이 살면서
이 핑계 저 핑계 70여 년이나 걸려
이제야 온 이 불효자식 큰소리로 꾸짖어주세요

우리 땅 주인 아닌 남이 찾아뵙지도 못하게 가두어 놓아
바보처럼 살아왔지만 이젠 목숨 걸고 강화도에서 강원
도 고성까지
손에 손잡고 우리 자람, 활동 방해하는
모든 역사적 죄악에 맞서 정당하게 권리 되찾기 위해
저항, 싸워 이기는 씨알 사상 실천하겠습니다

아버님 어머님 새해 복 많이 받으세요
건강하게 오래오래 사십시오
오늘 아침도 아바이마을 떠나
남북한 오가는 갈매기에게 인사 말씀 올립니다

좋은 세상

키 크고 마르고 목 길고 허리 잘록한
좋은 세상 오면 얼마나 좋을까

무슨 말 하려는지 말 안 해도 눈빛만으로 뭉클한
좋은 세상 오면 얼마나 좋을까

그리움으로 평생 살았으니
38선 넘어 펑펑 웃고 함께 사는
좋은 세상 곧 오리라

제주에서 신의주까지

45년 전 1980년 5월 18일
깊은 아픔
이젠 통일 용광로에 태워서 살립시다

광주에서 그만 울고
제주에서 신의주까지
서러움 모아 겨레 열량 포집

2025년
잘린, 잘려진 겨레 잇는 그날까지
우린 통일 유공자 되기

한글 이름 짓기

1980년대 한글 이름 지으면
반기지 않고 반대하셨던 어르신들 설득
겨레 한결 예슬 한솔 해솔 솔 해 가람
뜻 깊고 예쁜 우리 한글 이름 환하게 아기처럼 이 땅에 태
어났다

간판들도 한자에서 한글로 바뀌어 마음 밝게 해주더니
영어로 서서히 바뀌어간다

외국에 한글 기쁜 마음으로 오래오래 내세우려면
굳건하게 한글 쓰고 읽고 말하고 가르치고
밥처럼 좋아하고 아끼며 살아요 우리

누가 무엇으로
우리를 감동케 할까?

허홍구
(시인·우리말살리는겨레모임 공동대표)

누가 무엇으로 우리를 감동케 할까?

허홍구

(시인·우리말살리는겨레모임 공동대표)

마음 통하는 사람을 만나면
손을 아니 잡아도 팔이 저려온다.
누가 무엇으로 우리를 감동케 할까?

이 시집은 겨레 사랑과 통일을 갈망하는
이상현 씨알 시인이 첫 시집 『미소 짓는 씨알』
두 번째 시집 『밤하늘에 꽃이 핀다』
세 번째 시집 『살굿빛 광야』에 이어
2021년부터 2025년 7월까지 쓴
네 번째 시집 『새 모래톱』이다.

고교 시절 『뜻으로 본 한국역사』를 읽고
함석헌 선생을 따르게 되었고
선생의 사상과 겨레를 향한 사랑!
조국의 평화통일을 향한 큰 뜻에 감동하여
스승으로 받들어 모시게 되었단다.

먼저 자신이 작은 한 알의 씨알이 되고자 다짐했다.
그리고 서울 묵동에서 야학을 설립하여
배움의 길을 놓친 직업 청소년들에게
꿈과 희망을 심어주기도 했던 이상현 시인이다.

이번에 네 번째 시집 『새 모래톱』이 발간되었다.
이 시집 첫머리에 올린 시 제목 역시 「함석헌 스승님」
이다.
스승의 이름으로 삼행시를 올려 그 뜻을 따르려 다짐
한다.

이상현 시인의 글을 읽다 보면 곳곳에 뭉클한 시인의
소망이 담겨있다.

'후손들 처진 어깨로 살지 않게 당당하게 통일의 종 칩
시다'
'손 잡고 함께 넘어가면서 꼭 이어야 할 땅'
'언제 이 겨레 하나 되어 환하게 웃고 살까'
'가로막아도 씨알은 간다, 갈라진 땅 하나로 이어질 때
까지'
'38선 넘어 펑펑 웃고 함께 사는 좋은 세상 곧 오리라'
'우리 하나 될 수 있는데'
'끊어진 겨레 하나로 잇는 그날까지'

이 시집의 시편들은 스승의 뜻을 따르는 길이며
시인 스스로가 씨알이고자 하는 다짐이다.

이 시집은 오랜 세월 분단의 아픔을 극복하고
마침내 우리 겨레가 하나로 통일을 이루는
새로운 역사를 써 나아가자는 내용이다.

아름다운 시(詩)는 아름다운 사람이 쓰겠지요?

시가 꼭 빛나고 아름다워야 하는 건 아니지만
남의 흉내 내지 아니하고 자신이 펼쳐내는 맘 꽃으로
자신을 다듬으며 그가 꿈꾸고 기도하는 그 길을 향해
묵묵히 걸어가는 시인의 꿈이 꼭 이루어지기를 바라며
겨레 사랑하는 불꽃 같은 이상현 시인을 응원한다.

작품 중에 「별 꿈」은 통일을 갈망하는 시이다.

별 가장 가까워 별 꿈 가득했던
신새벽 교회 절 두부장수 종소리에
누에고치 곤한 잠 깨던 하늘 아래

최루탄 눈물 흘리며 길에서 다짐한 맑은 꿈
야학, 극빈 공동체 함께했으나 아직도 못 이룬 꿈

파도 남기고 간 바닷가 새 모래톱에
오늘도 가슴으로 꾹꾹 눌러쓰는
파도에 부딪혀 산산이 부서지는
먹먹한 바위 되어도 좋으니

잘린 우리 겨레 잇기
통일 유공자 되기

─「별 꿈」 전문

끊이지 않고 맑게 이어 흐르는 것이 강물 아닌가?
뚜벅뚜벅 스승의 뜻을 따라
백두산까지 이어갈 수 있기를 바란다.

사랑하고 존경하는 겨레 사랑,
불꽃 같은 이상현 시인을
다시 한번 응원하고 함께 기뻐하며 축하의 맘 보낸다.

새 모래톱

이상현 지음

발행처   도서출판 **청어**
발행인   이영철
영업   이동호
홍보   천성래
기획   육재섭
편집   이설빈
디자인   이수빈 | 구유림
인쇄   정우인쇄

등록   1999년 5월 3일
           (제321-3210000251001999000063호)

1판 1쇄 발행   2025년 9월 10일

주소   서울특별시 서초구 남부순환로 364길 8—15 동일빌딩 2층
대표전화   02-586-0477
팩시밀리   0303-0942-0478
홈페이지   www.chungeobook.com
E-mail   ppi20@hanmail.net

ISBN   979-11-6855-377-4(03810)